어린 사과

어린 사과

2024년 6월 25일 초판 1쇄 인쇄 발행

지 은 이 ㅣ 엄참희
펴 낸 이 ㅣ 박종래
펴 낸 곳 ㅣ 도서출판 명성서림

등록번호 ㅣ 301-2014-013
주   소 ㅣ 04625 서울시 중구 필동로 6 (2, 3층)
대표전화 ㅣ 02)2277-2800
팩   스 ㅣ 02)2277-8945
이 메 일 ㅣ ms8944@chol.com

값 10,000원
ISBN 979-11-93543-94-8

엄창희 시집

어린 사과

도서 **명성서림**
출판

시인의 말

길가 옆에 핀 들꽃들
아무 보호막 없이
척박한 땅 비바람 눈보라 속 견디어
용기와 희망을 보여준다.
덜 익고 풋냄새 풍기는
자신을 돌아다 보며
들꽃을 본보기 삼아
어떠한 환경 탓하지 않고
꾸준히 전진해 나가기를
소망합니다.

2024. 6.
엄찬희 올림

차 례

3부 / 의지

. . .

4부 / 젊음

. . .

5부 / 조화

. . .

6부 / 그리운 이야기

. . .

1부

베풂

감의 단상斷想

고향 마을에
감나무가 많다

먹음직스럽게
많이 열리고
크기도 커서
한 눈에 사로잡아
배고플 때
최고의 간식거리

보기만 해도
살이 찌고 풍만해
마음까지 풍성
꼭대기에 있는 몇 개는
인정을 베풀고
가을에 따서
냉장고에 얼려
한 여름에 꺼내면
최고의 자연 아이스케키

허기진 배를 달래는 효자

후회 없이

내일이 마지막 날이 된다면
후회되는 일이 많다

치열한 현장의 사투 속에서
바둥거리고 헤쳐가면서

사는게 계속되는 줄로 착각하면서
언젠가 반드시 흙으로 돌아가는 인생인 것을

자신이 바라던 바를 하지 못했던 일들
그 속에서 자신을 발견한다

이 순간 그리고 앞으로
후회되는 일이 없도록
가슴 속 뜨거운 열기를 모두 모아

자신의 온 힘을 바쳐
열심히 살아가야 한다
최선을 다해 살아가야 하지 않을까

삼천리 자전거 추억

삼천리 자전거 타고
신작로를 달렸다
못 가는곳 없이
다 갈 수 있었다
삼천리 방방곡곡
울려 퍼졌지

초등학교까지
멀리 떨어져 있어
천변을 따라 타고 갔고
상쾌한 기분 만끽

동네 자전거 점포 아저씨
어떠한 고장도
수리하는 척척 해결사

삼천리 자전거 타고
씽씽 날아 다녔다
부러울 게 없었다

공정하게

똑같이 식량을 나누어 주고
똑같이 기회를 주고
똑같이 대우해 준다

해마다 과수원에
같은 양의 비료를 주며
열매를 수확할 때
잘 익은 것 잘 익지 않은것
큰 것 작은 것
각양각색

밝은 세상 과 어두운 세상
웅덩이가 깊은 곳에서는
많은 양을
얕은 곳에는
작은 양을 부어야
공정하다고 말할수 있지 않을까

소외되고 어려운 이웃에게는
보다 듬뿍하게

오래된 이발소

이발을 해야할 때
자주 가는 곳에 가게 되고
계속 다니게 된다

동네 이발소
사십여 년 운영하며
오래된 찌든 때
곳곳에 자욱하고
반질거리는 도구들
정감어린 곳이다

중앙 위쪽에 걸려진
액자 하나
가화만사성家和萬事成
나를 내려다 보며
일침一針 하고 있다

헝클어진 머리털을
말끔히 정리하면
날아갈 것같은 최상의 기분

이발소 아저씨가
옆에 있어 고맙고
오래오래
영업하였으면 좋겠다

빨래를 한다

하룻동안 쌓아 놓은 빨래를
세탁기에 돌렸다

아침에
새 옷을 입고
새 마음으로 출근을 했다

좌충우돌
치열하게 돌아가는 시간을
마주하면서
비빔밥으로 혼합되어
헤메이다가

집에 돌아와
온갖 잡음으로 스며든 옷을
훌훌 벗어서
던져 넣었다
얼룩달룩 물들은 마음을 씻어 주도록

세탁하는 시간을 거쳐
오늘을 마무리하고
새로운 나로 태어나기 위하여

빵

인간은 살기 위해
먹어야 한다
빵이 없으면
살아가는 게 힘들지

빵이 부족해
굶주리는
세계 곳곳 어린 아이들
내전의 난민들
재난피해 현장을 본다

빵을 구하기 위하여
어려운 처지에
간절히 희망하고
한 쪽은 넘쳐나고
한 쪽은 부족하니

무시할수 없고
필요한 존재
자체가 목적일 수는 없으나
살아가는 데 있어야 하지
가난한 세계의 곳곳에
실컷 줄 수 있으면 좋으련만

사지장애 스님

청년 시절
직장에 다니며 활발히 근무하고
불편함이 없었다

모든 사람이
다 그러한 줄 알았는데
내일은 무슨 일이 벌어질지 모르고
사는 게 현실

예기치 않는 사고로
두 발과 한쪽 팔을 잃은
스님을 보았다
비관해서 세상을 끝마치려 했으나
다시 생각을 바로잡고
정상인이 10분이면 끝낼 것을
자신은 100분을 걸려 끝내면서
못하는 일이 없이 꿋꿋하게 살고 있다
온 힘을 다해 살며
마을의 모든 일을 할 수 있는 맥가이버가 되었다

장애를 겪지않은 자여
귀 담아 가슴에 새겨야 하리라

어둠에 빛을

햇빛이
음지 구석구석을
뚫고 들어온다

어둠을 몰아내고
밝은 희망을
쏟아 준다

가난 속에서
힘겨웁게 사는
이웃이 있다
그 구렁텅이에
한 줄기 빛이라도
스며들도록
손을 뻗쳐서
도움을 배달한다

저 밑바닥 소외된 곳에서
시름하고 헤매는 자에게
작은 틈새에도 빛이 뚫고 방문하듯이
희망의 손길을 깊숙이 뻗쳐
환하게 열어 펼쳐라

새로운

세상에 태어날 때
새로운 세상을 만난다

자고나면
새 날을 맞이한다

초등학교에 첫 등교할 때
새로운 첫발을 디딘다

여행을 가지 않은 지역에는 가고 싶은
새로운 호기심이 생긴다

모르는 사람과 마주치면
새로운 만남으로
어떤 사람인지 궁금하다

스스로 과거의 잘못된 습관을
과감히 깨뜨리고
새로운 각오로 출발할 때도 필요하다

자꾸 변화해 나아가고
날마다 새롭다
매일 새로운 각오로 살아야 하지 않을까

인사

이웃과 만날때마다
머리 숙여
안부를 묻는다

멀리에서도 사람을 보면
습관화되어
반사적으로 고개를 숙인다

아버지가
인사를 잘하라고
늘 강조하였다
돈이 들지 않으면서
남에게 기분이 좋게 하고
스스로 겸손해지는 마법의 매력

어떤 이는
고개를 숙이지 않고
멀뚱멀뚱 쳐다 보지만
가볍게 목례하며 스쳐 지나간다면
훨씬 부드럽고 삶이 따뜻하다

활짝핀 꽃이 기쁨을 주듯
공손한 인사는
이웃에게 기쁨을 주고
나에게 커다란 기쁨을 준다

메마른 삶에
훈훈한 정을 느낀다

찐빵 처럼

식목일에 구입해 가지고
산에 오른 우리 가족

보름달 같고 믿음직스런
부드러운 하얀 정 덩어리

언제나 포근한 마음
가슴 따뜻 하여라

차를 마시다

손님이 찾아오면
자리를 권하며
차를 마신다
따뜻한 한 모금으로
마음도 훈훈하게 데운다

차를 마시며
부드럽게 스며드니
어려운 일이
잘 풀릴 것 같다

은은한 향기
어지러운 마음을
차분히 가라 앉히고
정신을 다독여 주며
다정하게 대화를 한다

한 잔의 차는
옆에 두고 자주
평안한 마음을 가져다주는
정감어린 친구 이어라

축하받으며 가자

막내의 생일날
함께 모여 앉아
축가를 불렀다

태어난 날을 기념하고
한 살이 더해지는 날
태어나서
즐거운 일 슬픈 일을 돌아보며
달력을 넘기고 있다

아름다워야 하지만
때로는 구렁텅이에 빠질 때도 있고
웃음꽃이 활짝필 때도 있었지

태어난 날
희망찬 모습으로
갈 때도
똑같이 갈 수 있을까

태어날 때
축하 받았듯이
갈 때도
축하 받을 수 있도록
정도正道의 길에 혼신의 힘을 쏟아라

호 박

넝쿨이 담을 타고
흐드러지게
거리낌 없이
양지 아닌 자리
가리지 않고
뻗었다

특이하지도 않고
사방 팔방
노랑으로 넘실대고
가까이 지내온
우리 이웃처럼
다정한 친구
어디에서나
만나기 쉽다

삶은 연한 잎과 호박죽은
소박한 서민의 음식
포근함 가득
함께한 세월
주변에서 함께 사는
알찬 선물

2부

사람

기 도

무언가를
간절히 바랐을 때
기도를 한다

힘으로
감당하기 어려웠을 때
기도를 한다

질병으로 고통 받으며
아픔을 겪을 때
회복을 기원하며
기도를 한다

어려움에 처해
해결의 실마리가 보이지 않을 때
기도를 하며
실마리를 열고
마음의 위안을 얻는다

목표를 달성하기 위해
온 힘을 쏟을 때
간절히 기도하며
노력을 배가하여
성취를 맛본다

보이지 않는
영원하고 위대한 신께
기도하며
성찰을 한다

누구나
참된 마음으로
정성을 다해
기도하며 산다면
보람된 인생을 밟아 가리라

바보에 대하여

어떤 이는
어리석고 못나고
바보처럼 보인 반면
잘 생기고 말끔한
신사도 있게 마련

멀쩡하면서
사나운 말을 내뿜고
화합의 마당에 어깃장 놓아
암 덩어리와 같은 존재도 있지

올바른 상식으로
합리적인 인간을
만나고 싶다
생김새 보다는

말과 행동이 따로 놀고
반성하지 않는 자
이보다 더한 바보가
어디 있겠는가

삶은 계란

날 계란 삶은 계란
쉽게 구할수 있고
영양분이 많아
많이 먹고 있다

어머니는
멀리 여행갈 때는
삶은 계란을 꼭 싸 주셨다
소풍갈 때
삶은 계란을 싸 주어서
맛있게 먹었다
도시락 위에
계란 후라이를 얹어주면
최상의 메뉴였다
최고의 식사이자
정성이 담긴 요리였다

오늘 아침 식사에
계란 후라이를 먹는다
날 것일 때도 삶을 때도
우리집에서
알뜰살뜰 효자노릇을 하고 산다

부모님 제사날에

아버지와 어머니의 제사를
가족의 합의하에
합동으로 지낸다

아버지 발인 날은
영하 10도의 강추위에
상여 메고 많이 걸었고
어머니 발인 날은
장례식장에서 치렀다

음식 장만에서 손님 대접을
집에서 하나부터 열까지
모두 다 했으나
이제는 장례식장에서
해결한다

강물처럼 흘러
가족이 모이어 정을 나누고
안부를 묻고 소식을 듣는다
생전에 부모님은 존재만으로도
꾸짖고 이끌었던 기둥이었다
언제나 변함없이
무언의 가르침은 계속 이어지고 있다

비대면으로

코로나19 바이러스균으로
사람 만나는 것을 조심한다
보이지 않고
나도 모르는 사이
감염되는 시기

택배가 도착했다
현관문 앞에 놓고 갔다
집합교육이
사이버교육으로 대체 실시됐다
고속도로 버스표를
무인판매기에서 구입 했다

사람과 사람사이에
일정 간격이 떨어져야 하고
배달이 호황이 된 세상이다

직접 찾아 뵙고 인사하고
같이 식사하던
정겨웁던 풍경은 어디로 갔을까

너무도 삭막하게 변했다
생활이 확 바뀌었다
대면에서 비대면으로

시계와 인간

약속이 있을 때
시계를 보며
때에 맞추어 도착한다

가까운 시계점에서
시계를 구입했다

힘있게 잘 가고
맑고 정확했다
병원에 입원한 환자가 있어서
시간을 맞추어
아침 저녁으로
면회를 갔다
해외 여행을 할 때
필요하여 차고 다녔다

시계가 연륜이 쌓이고
건전지가 수명을 다해
어느날 멈추었다
우리도 세월이 많이 흐르면
자꾸 병이 오고 힘이 약해지듯이

살아가는 동안
시간은
영롱하게 빛나는 보석이다
무엇과도 바꿀 수 없는 소중한

십계를 새기며

십계를 읽었다
과연 나는 어긋나지 않게 살았는가
부끄럽기 한이 없다

복잡한 세상에 살다보면
크고 작은 죄가 많이 있다
죄는 실수로 지을 수 있다지만
진정으로 뉘우치고
다시 죄를 지으면 안된다

누구라도 한 티끌 죄없이 깨끗하다고
자부할 수 있는가
사소한 죄들도 생활주변에 널려있다

자기자신이 삶의 주인
운전대를 잘 잡고
악惡의 장애물을 경계하며
선善의 빛줄기를 향하여
전 속력으로

어머니와 생활

모임에 갔다
선배가 어머니를 회고하며
격려의 말을 했다

형제들은 다 떠나고
같이 살던 어머니
때로 다투기도 하고
미운 정 고운 정 함께 했었지

낳아주고 길러주신 정에 더하여
같이 있는 것만도 행복함이 가득했다
가고 싶어하는 곳
먹고 싶어하는 것
정성껏 해드리려 노력했지
어느 순간
어머니의 어떠한 말도
예 하고 일치해졌다

떠나신지 이미 오래
쓸쓸히 돌아다 보니
어머니와의 소소한 일상이
마음 훈훈하게 다가온다

자유롭게

새장에 새
꿈꾸는 것은
저 멀리 높이
날아가고 싶지만
옭아맨 테두리에 갇혀
더 이상 날지 못한다

구속되어
가고 싶어도
갈 수 없을 때
자유로운 세상의
소중함을 절실히
뼈저리게 와 닿지

당연한 줄 알았다
잊고 있었다
그렇지 못한 세상이 있다
자유로운 세상이
얼마나 복된 일인가

마음껏 날고 싶어라
내일의 푸른 하늘을
가슴에 가득 품고

잘못을 교훈 삼아

사소한 잘못 큰 잘못을
많이 한다

잘못인줄 알면서
지나간 후에 뉘우치고
다시는 안그러겠다고
맹세하는데

또 닥치게 되면
나도 모르게
잘못된 방향으로
끌려간다

때때로
잘못으로 인해
미처 보지 못한 눈을 뜨게 되고
경험을 날라다 주기도 한다

신은 완전하지만
사람이기에 부족이 많은 것

산에 사는 동물이
파 놓은 함정에
한 번은 빠지지만
두 번은 빠지지 않는다

독수리의 매서운 눈으로
오늘을 쪼아보며 거울로 삼아
내일은 보다 나은 삶을 기약해보자
깨달음을 딛고 서서 배워가면서

장날에

시골에
5일장이 열렸다

많은 종류의 팔 물건이
주저리 주저리 나와
손님을 기다리고 있다
싱싱한 생선이 있고
여러 종류의 옷도 많고
제철 과일도 풍부하고

상점에서 파는 사람
노점에서 파는 사람
젊은이부터 나이들은 사람까지
남녀노소 나이 불문하고
돌아다니고 있고
사고자 하는 물건이
없는 것이 없다
살아 숨쉬는 인생의 현장이다

장터에 가면
훈훈한 시골 인심이 흐르고
따뜻한 정이 넘치며
사람 사는 풋풋한 냄새를 맛본다

장날에는 장터에 가서
이것저것 기웃 거리고
사다보니 살맛이 난다

장애인 편견

몸이 불편한 장애인을
주변에서 많이 본다

태어날 때부터
살다가 예기치 못한 사고로
살아간다
일상생활에
힘들때도 있고
곳곳에 어려움과 맞부딪친다

몸이 정상이지만
올바르지 않고
상식이 통하지 않는
비 정상적인 사람을 본다
겉은 멀쩡하지만
속은 부패한 이들
몸이 불편한 것보다
더 장애인이라고 깨닫는다

신체가 다만 불편할뿐
정상인과 같다
다름이 있을 뿐이다
세상을 아름답게
똑같은 눈으로 쳐다본다

택시 타기 단상

약속시간이 다가와
콜택시를 부르니
오지 않는다

저녁 퇴근 무렵이라
찾는 이 많아
안 오는가 보다
택시 잡기가 어려우니
자가용을 가져갈 걸
후회하면서

부지런히
조금 떨어진
큰 길가로 이동하여
콜택시를 부르니
도착했다

폭설이 오는 날
폭우가 쏟아지는 날
어느 특이한 날에는
수요가 많아
평일 마주칠 때와 달리
택시 잡기가 어렵다

기다리는 초조함이 교차하며
약속시간에 늦지 않게
도착해서 다행이었다

작은 고통 속에

다니는 길이
고속도로 국도 지방도
곳곳에 장애물을 마주친다

큰 장애 작은 장애
부딪치면서
멈출 것인가
나아갈 것인가

고통을 겪을 때
더한 아픔을 겪고 있는
주변을 보았다

나의 고통은
아주 사소한 것이라는 것을

고통 속에 삶의 참뜻이 보인다

3부

의지

기존 악습에서 벗어나

사회 곳곳에
스며들은 악습을
단번에 바꾸기는 어렵다

살아온 그 방식대로
살아가고 있고
내일도 살아가고 있다

기존의 견고한 벽을
깨뜨린다는 것은
쉬운 일이 아니다

변화가 이어지고
새로운 세상이 끊임없이 계속되니
멈추어서는
후퇴하는 길이다

새로움에는 호기심도 있지만
두려움도 많다
깨뜨리고 일어나야 한다
과감히 단호하게
고리타분한 악습을
잘못된 습관을

희망찬 미래를 위해
새로움의 창을 들고 뚫고 헤쳐 나가며

기 준

가야만 하는 길을
향해 가는데
가는 것 같지않은 처지

옳다고 하는 것이
옳다고 말할 수 있을까
오늘의 기준이
영원히 지속되리라
기약할 수 없다

변화의 소용돌이 속에서
정靜 과 동動
합리적인 조화로
바른 길 이끌어가며
내일의 기준을
밝게 열어 가리라

대표 선출과 이후

집단이나 모임에서
대표자를 뽑고
동물들도 우두머리가 있어
외부에 강한 힘을 발휘한다
내부적으로 결속을 이끌며

초등학교 시절
반장을
우리 마을에도
이장을
국민을 대표하여
대통령을 선출한다

선출되기 전에는 고개를 자주 숙이나
후에는 언제 그랬냐는 듯
거꾸로 가니

어느 때 일지라도
초심初心을 잊지 않았으면

말을 절제하여라

말을 많이 하고 산다
하고 싶은 말들
하고 싶지 않은 말들

바람에 날리는 잎사귀처럼
떠돌아 다니는 말
믿을 수 있는 말은 얼마나 될까

말의 홍수 속에서
무조건 말해야 하는가
쓸데없는 말로
이웃에게 상처를 주는 말
헤어 나오지 못하는 우리

말은 필요하다
불필요한 말을 쓰레기통에 넣고
더러운 말을
정수기 여과망에 걸러
필요한 말만 할 수 없을까

말이 많은 세상
실천의 씨앗을 먼저 뿌리고
말을 삼가 절제 하여라

버려라

이 것도 저 것도 나의 것
욕심을 가득 채워
쌓아 놓으니
너무 무겁다

인생의 길에서
필요한 것은
극히 일부분

오늘 이후
하나씩 하나씩
버려라 또 버려라
맨손으로 왔다
맨손으로 가는 것을

욕심을 버려라

연로하신 부모님 시대
가난하고 삶에 찌들었어도
큰 욕심없이 지냈다

자녀가 부모가 된 시대
돈과 행복이 비례한다고 부자가 되기위해
가지고 있으면 더 가질려 하고
가지면 가질수록 불만이 커져가는 사람들이 많다

욕심은 끝이 없는 지평선
남과 비교하여
불만이 많은 그대여
남에게 마음을 빼앗기지 말아라

최소한의
입을 것 있고 먹을 것 있고
잠자리를 해결할 수만 있다면
우리들의 소박한 삶이지 않은가

물질의 욕심을 버려라
더 이상 부질없는 욕심을 버려라
자족自足하며 기쁜 마음으로 살아 가리라

소 망

어둠 속에 갇혀 있을 때
밝은 하늘이
그리워지듯
간절히 바라고
무언가를 하고 싶어하는
욕망 덩어리

봄이 오면
파릇파릇한 새싹이 솟구치고
우리 마음의 의욕도
샘물이 흐르듯
바다로 흐른다

건강한 삶을 바라고
가고 싶은 곳을 여행하며
가족의 행복을 빌기까지
끝이 없는 소망들

열망을 지니고
줄기차게
중단하지 않고
노력한다면
소망한 바에
가깝게 다다른다

발을 땅에 내딛고
푸른 하늘 높이 달리며
한걸음 한걸음 걸어간다

실천

이 순간도
작심삼일을
만났고 또 만나고 있다

많은 정보가
홍수처럼 넘치고
정보 속에서 헤어나지 못하고
파묻혀 사는 우리
말이 많고 많이 알고
실천하지 못하는 세상

초등학교 시절
방학이 오면
많은 과제가 제시되어
거창한 계획을 세우고 시작했지만
끝나갈 즈음
해결하지 못한 뭉텅이가 그대로 쌓였고
후회가 몰려왔다

말하기는 너무 가까우면서
실천하기는 너무 거리가 멀다

우리 주변
지극히 평범한 한 마디
말言과 행동行動의
수레바퀴를 끌어라
한 바퀴 고장나면
내가 나의 주인으로
나아갈 수 없다

오늘 내일 모래

오늘도 걷는다

세월은
멈춤이 없이 흐른다

살아가는 모든 것을 부딪히며
우리는 받아들이고 걷는다

해가 뜨고 해가 지며
말없이 시냇물이 흐른다

우리는 태어날 때 순서가 있지만
마지막은 순서대로 가는 게 아니다

사람은 땅으로 돌아가는
불멸의 진리에
흐르는 대로 사는 게 아니라
어떻게 살아가느냐가 중요하다

내일이 마지막 날이 된다면
살아가는 자세가 깊어지지 않을까
후회 없이 살아야 한다

본연의 모습으로
오늘 보다는 내일 내일 보다는 모래가
나아지도록 최선을 다하여 살아야 한다

의견 존중

나와 남
여러 사람들
부지런히 살고 있다
내가 옳으면
남의 의견은
무관심 해도 되는가

복잡하게 유기적으로
엮어진 사회에서
서로 서로 도우며
남의 의견도
귀담아 들어야 하고
모두의 의견이
값어치 있는 사실

함께 생각하고
함께 고민하며
조화로운 화합으로
밝은 세상을 소망한다

인생 오후

삶의 최일선에서
살아남기 위해
좌충우돌 부딪치며
깨지고 부스러지고
상처투성이 소용돌이에
어떻게 참고 살아 왔었나

큰 고비를 넘기고
잔잔한 평화가 펼쳐져
못다한 소망을 향해
세상의 깊은 뜻을
받아 들이며
즐거움을 찾아 떠난다

있다가 없어졌다가

활기찬 젊음에 큰 박동이
주름진 몸에 시들어지고

한 때는 많은 재산이
빈 껍데기들로 뒹굴며

열렬하게 사랑했던 사랑은
식어버려 얼음 덩어리 한 조각

주렁주렁 달린 인연의 결실이
흩어져 가는 쓸쓸한 들판으로

가지고 있다가 없어졌다가
삶이 오르락 내리락

작심삼일

계획을 세우고
실행을 다하지
못할 때가 많다
처음의 결심이 서서히
바람과 함께 사라지고
잘못 지나간 발자취를
나도 모르게
걸어가고 있다

쉬운 길은 익숙하고
성취하는 것은 좁은 길
수확의 열매를 얻기 위하여
깨어 있으라
채찍질 하라
느슨해진 마음을
다시 바짝 조이고

4부

젊음

달리기

어린 시절
달리기를 하면
꼴찌를 맡아 했다

힘껏 달려도
남들이 다 추월하고
걸어가는 것 같았다

상급학교 진학할 때는
체력장이 있어서
곤혹 스러웠다

성인이 되어
아침에 일어나
천천히 뛰며
가벼운 마음으로
조깅을 한다

마라톤을 해보니
빨리 달리기 보다
끝까지 완주하는 것이
깊은 의미가 있다

인생의 길은
빨리 달리는 게 아니라
느려도 포기하지 않고
거북이 처럼
끊임없이 달려야 한다는 것을

도보 예찬

많이 걸었다
걷고 싶었다
걷고 또 걸었다

소재지를 벗어나
오지 구석 마을까지
살아가는 여러 방식을

걷는게 좋았다
사방팔방으로
젊은 힘이 있었고
삶에 대한 실마리를 찾기 위하여
아스팔트길 시멘트길 흙길
골목길도 걸었다
마주치는 다양하게 사는 모습
마음에 와 닿았다

약간 아팠을 때도
걷다보니 좋아졌고
건강에도 좋다
모든게 활발하여
기분이 날아갈 것 같아
앞으로도
걸을 수 있을 때까지 걸을 것이다

산을 좋아하여

약간 떨어진 곳에
높이 솟은 산이 있었다

젊은 시절
가고 싶어서
무작정 올라갔고
오후 시간에 출발하여
돌아올 때에는
컴컴한 밤이 되어
달빛에 비치는 계곡 하천을 더듬거리다
어렵게 내려와 귀가한 적이 있었다

지금 시골의 산 길은
사람이 다니지 않아
풀이 우거져 길이 보이지 않고
옛날 추억을 되살려 걸어 다닌다

오늘도 산을 오른다
충분한 시간을 두고
준비도 하여
꽃과 나무들과 함께 어울려
더불어 호흡하고 노래하며
어울리는 훈훈한 이웃
혼란스런 나를 정리하는 시간을 갖는다

산 책

집 근처 낮은 산에
주말에는 많은 사람이
몰려와 걷는다

우리 집은
산 가까이에 있어
가볍게 걷기도 하고
운동기구가 비치되어
건강을 위해 힘쓴다

산은
대화를 할 수 있는
좋은 친구이고
수시로 가서 회포를 푼다

도시 빌딩 속에 둘러쌓인 아파트보다
변두리에 위치한 이 곳은
자연을 접할 수 있는 천혜의 보고

건강한 신체에 건전한 정신을
가질 수 있다는 것은
삶의 질을 향상시킨다

맑은 공기를 흠뻑 보고
사계절을 함께 호흡하며
내 자신을 충전한다

가뿐한 마음으로
맑고 푸르게 피어나
흠뻑 젖는다

왔던 길이 가는 길로

청년 시절에
모든 것이 왕성해
활발하게 생활했다

어떤 두려운 장애도
뚫고 나가는
기백을 가지고
밀고 나갔다

인생의 길은
평탄하지 않고
꾸불꾸불가는 여행
영원한 인생은 있을 수 없고
순리를 막을 수 없으니
왔던 길보다 가는 길이
가까워져 오고

가는 길을
부끄러움이 없이 살도록
떳떳한 자세를 가지고
매 순간에 깨어 있으라

처가집과 아이들

주말에는
시골의 구석 마을
임실에서 2시간을 달려
어린 자녀들을 양육하고 있는
처가집을 갔다
고불고불 도로를 따라 달렸고
줄기차게 갔다

아이들이 성인이 되어
길고 긴 여정이
막을 내렸다

병아리들을
포근한 품속에
꼭 안아서
비가 쏟아질 때나
눈이 펑펑 내릴 때나
사랑을 퍼부었던
처가집 어르신의 고마움을
잊지 못한다

일상의 하루

가을 어느날
밭에 나가
고추 수확을 했다

잡초의 무서운 생명력에
보이는 곳마다
싸움 중이다

고추도
큰 것 작은 것
새파란 것 빨간 것
병 안든 것 병 든 것
구분해 땄다

장날은 장에나가
이웃을 만나고
점심 식사로 비빔국수를 먹고
구경도 하며
일상을 보냈다

어머니와 함께
자가용으로 가까운 꽃동산도 구경하고
드시고 싶어하는 것도 사드리며
같이 보낼 수 있었던
행복한 시간이었다

크게 큰 일을 한 것 같지 않지만
오늘 하루를
탈없이 지내는 것이
너무나 고마운 생활이었다
일상의 하루 하루 보내는 것이
값있고 보람된 생활이었다

일을 하며

보호 속에 의무 교육을 마치고
사회에 첫발을 디딘다

자신이 원했든 원하지 않았든
어느 분야에 일하게 되고

아무것도 모르고
좌충우돌 부딪치기가 대부분
시간이 흐른뒤
되돌아 보게 된다

사람과의 따뜻한 만남의 연속
그 속에서 우리는 살아간다

미워하기도 하고 좋아하기도 하고
오락가락 자리를 굴러 다닌다

많이 보았고 느꼈다. 자신에게 와 닿는다
열심히 일하는 모습이
사는 진정한 모습이라고

인생은 끈끈한 인연이고
너와 나의 사이에
훈훈한 사랑으로 살아가야겠다

일 할수 있다는 것

오늘 하루를
시작하기 위해
출근하기 바쁘다

출근할 수 있는 직장이 있고
일을 할 수 있다는데
감사함을 느낀다

만나고
좌충우돌
부딪치면서
이 자리에 있는 것이
너무도 고마웁다

몸이 아파 일하지 못하는 자
적성에 맞는 일자리가 없는 자
일을 할 수 없는 처지에 있는
많은 경우를 본다

일을 할 수 있다는 것
인생의 항아리에 감사로 가득 채워
열정의 물을 흘러 내려라
온 힘을 다해서

직 업

어렸을 때 소망은
큰 꿈을 꾸고 가졌다

모두가 다
훌륭한 사람이 되리라 다짐했다

세월이 흐르며
현실과 교감하며
점점 높이가 줄어들었지

세월이 흐르며
모두가 다 잘 되고
모두가 다 고관대작이 되는게
아니라는 것을 직시한다

세상을 이루는 것은
복잡 다양하며
똑똑한 사람만 필요한 게 아니며
보이지 않는 곳에서
묵묵히 일하는 많은 민초들의 역할이
더 중요하다는 것을

이 세상에서
자신이 역할을 할 수 있는 기회이자
남에게 도움이 되는 분야에서 일하는 자들이여
그 분야에서 최고이어라 신성하여라

자신이 지금 하고 있는 일에
당당한 자부심을 가지고
묵묵히 한걸음 한걸음 걸어가야 한다

징검다리

시냇가를 건너가기 위해
징검다리 돌 위를
통통통 건넜다

맑은 물 위를
건너는 것은
시원한 바람과 함께 하는
상쾌한 기분이었다

냇가에서 물장구 치고
목욕하고 가재잡던 어린시설
빨래하던 아주머니들
시끌벅적한 냇가
물 밑을 들여다보니
물고기가 팔팔거리고

세상의 근심 걱정은
소란한 곳에서 고요한 곳으로
이 편에서 저 편으로
건너가다 보면
무게가 가벼워 졌다
오늘도 징검다리를 건넌다

청소년의 도전과 열정

화산이 폭발하고
가능성들이 분출하네

지치지 않는 뜨거운 열정
꺾이지 않는 불굴의 정신으로

끊임없이 흘러 내리고
끊임없이 도전하고
어떠한 장애물도 거침이 없네

내일의 태양인 그대들이여
푸른 창공으로 높이 솟아

희망으로 가득찬 꿈의 나래를 마음껏 펼치며
끓는 용암이 흘러가듯 줄기차게 전진하라

초등학교 친구들과 만남

얼굴에 깊은 주름이 쌓이고
회갑을 지난 친구들
결코 평탄치 않은
굴곡진 삶을
묵묵히 지금까지 견뎌왔다

어렸을 때 그대로인 사람
변화가 많은 사람
가야만 하는 날이 가까워지고
세월의 흐름을
세상의 흐름을
거스를 수 없어

흠뻑 젖어 있는 자
적당히 젖어 있는 자
조금 젖어 있는 자

서로 만나고 볼 수 있어서 소중하다
아직도 인생은 미완의 진행 중
한번뿐인 인생을 보람되게 풀어가야 하지 않을까
아무 조건없이 회포를 풀 수 있어 고맙다

합격과 불합격

합격의 영예
불합격의 쓴맛
소숫점 이하의 극히 적은 차이로
극과 극을 오간다

합격을 바라지만
누군가 반드시 떨어지기 마련
쓰라린 아픔은
말로 표현할 수 없는 슬픔이다

망치로 두드려
담금질을 많이 할수록
더 강인해 지듯이

실패를 통해
심연深淵속 용솟음처럼
다시 힘차게 올라오라
밝은 내일을 내딛기 위하여

폐 과수원

전 년까지 복숭아가 풍성하게 열린
과수원이
올해는 쓸쓸하게
찬바람을 맞으며 서있다

사람 손길이 없어서
방치해 두어
나무도 부러지고
풀이 가득 찼다

농사는 사람의 발걸음으로
자라난다고 했는데
과수원 주인이
나이 들어서인지
아파서 그런지
무슨 일이 있어서인지
발걸음이 끊겼다

사람 살지않는 폐가옥처럼
볼썽 사납다
지나가다 보면
너무 쓸쓸하다

가지치기하고 봉지씌우고
알뜰살뜰 일하던 풍경이 떠오른다
우리 가정에 사랑의 손길이 존재하지 않는다면
행복한 가정이 되기 어렵다는 사실을

5부

조화

일상의 고마움을 느끼며

바르게 걷고
바르게 말하고
바르게 생활하는 게
당연한 게 아니었다

걷기 힘들어 걷지 못하고
보고 싶어도 보지 못하여
자유롭지 못한 신체를
주변에서 보게 되니
안타까운 마음이다

먹는 물이 없어 황토물을 먹는
아프리카 아이들
내전으로 평온함을 찾을 수 없는
분쟁 중인 나라
자연재해로 피폐해진 세계 곳곳을
TV에서 본다

우리나라는
살기좋은 나라
그 곳에서 살아가는 우리는
사시사철 자연의 맛을 느끼고
하루 세끼 먹을 수 있으며
자녀들이 바르게 성장할 수 있는
보통 사람들의 즐거움을 흠뻑 마실 수 있는
일상의 고마움이 피부에 와 닿는다

즐거웁게

하고 싶은 소망
세상 곳곳에
들꽃처럼 피어

긴 인생 길
끌려 다니기 보다
하고 싶어 먼저
이끌어 가야 하지 않을까

어린 아이 시절
하천 보에서
물장구 치며 놀고
시간 가는 줄 몰랐지

좋아하는 일에 푹 잠기어
시간 가는 것도 잊어 버리고
배고픔도 잊어 버리고
즐거움이 넘실넘실
기쁨의 물결 파도친다

모진 강풍 불어도
절벽이든 평지이든
그 곳에
즐거움을 새겨라

눈물을 흘리다

속이 환하게 들여다 보이는
물방울이 뚝뚝 떨어진다

어둠의 자락에서 헤맬 때
밝은 빛 보여주려
맑게 씻어주고

고통에 시달릴 때
흘러 내리어
무거운 짐도
함께 흘러 내리지

흐르는 소리는
가슴을 청소하는
시원한 청량제

흐르면 흐를수록
고통은 반감된다네

두 수레바퀴

수레바퀴가 굴러간다
앞을 향하여
무거운 짐을 싣고서

한쪽이 고장나면
더 나아가지 못하고
멈추게 된다
신속히 수리해야
제 기능을 할 수 있다

가정에는 부부가 있다
남편과 아내
뜻이 일치한다면
앞으로 잘 나아갈 것이고
뜻이 어긋난다면
가다 멈추다를 반복

두 수레바퀴
서로가 화합하여
웃음 활짝핀 꽃동산을 쌓으리

건강한 몸

몸이 건강하면
매우 행복하다

내 몸이지만
마음대로 되지 않는다

젊을 때
지나친 오용으로
잘못이 쌓여서
노년기에 고생을 많이 한다

건강치 못한 사람이 많고
고통을 겪고 있다

목표 달성을 위해서는
건강해야 하고
종착점까지 도달하여
성취를 맛볼 수 있다

건강한 몸에
건강한 정신으로
살아가는게 정답이다

자신의 몸을 최대한 사랑하라
정원사의 손길로
끊임없이 정성스레 가꾸고 돌보아 주며

공존

봄에 씨앗 뿌려
열린 열매 각양각색
미남도 있고 추남도 있고
끌리는 맛도 있고 쭈그러진 맛도 있고
손가락도 길고 짧고
같은 게 없다

동식물
하찮은 것도 아니고
똑똑한 것도 아닌
나름대로 소중한 가치

한 평생이
생김새가 다르고
가는 길도 다르고
사는 방식도 다르다

광활한 지구
서로 다름이 공존하고
어우러져 살아가는
조화로운 한 마당

비빔밥

전주 비빔밥은
전국적으로 알려진
명품 음식이다

각종 산나물과 야채 고기등이
골고루 어우러져
입맛을 돋군다

우리가 살고있는 세상에서
나와 네가 다르고
각양각색의 다름이
하나로 통합되어 합처져
세상의 동력을 태어나게 하듯이

함께 살아가는 터전에서
화합으로 뭉치어
더 나은 미래를 열어준다

점심으로 비빔밥을 먹으며
조화롭게 잘 버물려 혼합된
밝은 세상을 꿈꾸어 본다

나의 집

하루의 일과가 끝난후
집에 돌아와
가족과 함께
휴식을 취한다

추운 겨울날
지하철 한 구석에
노숙하는 사람을 보았다

집이 있는 사람
집이 없는 사람
갈 곳이 없는 노숙자
정처없이 떠돌고

집에 오면
모든 잡념을 잊고
아주 편안하게
지낼 수 있다
어머니 아내 자녀와 함께 있어
사랑이 넘치고
행복하다

상처를 치유하는
오묘한 힘을 생산해
아픔과 고통을 분해시킨다

아침에 일터에 나가고
저녁에 귀가하여
포근한 보금자리에 스며들면
세상의 어려움을 극복할 수 있는
원동력이 흐른다

덕분에

혼자의 힘으로
세상을 살아갈 수 있을까

매일 가족이 한 자리에 모여
따뜻한 밥을 먹을 수 있고
농부의 땀흘린 노고 덕분에
식사를 쉽게 할 수 있다

좋은 음악을 들으며
영혼을 맑게 빛내듯
작사 작곡하는 음악가 덕분에
아름다운 노래를 들으며
편안한 휴식을 취할 수 있다

시골 고향을 가기위해
운전하는 기사 덕분에
목적지에 안전하게 도착할 수 있다

혼자서 살아가는 것은
힘들고
보이든 보이지 않든
항상 곁에서
도와주는 이웃이
있는 덕분에
행복한 하루를 보내고 있다
감사함으로 색칠하고 있다
세상의 모든 일에

뭉치면 산다

역사에서 말한다
망하는 가장 큰 원인은
내부의 분열
가정의 파탄도
부부싸움이 원인

우리는 안다
누가 분열해서
망하고 싶었겠는가
외부의 원인보다
내부의 원인이
중요하다는 것을

가화만사성
가정이 화목해야
모든 일이 잘 이루어지듯이
가정은 사회의 기본
국가 발전의 초석
가정을 화목하게 꾸려라

지는 것이 이기는 것
더 큰 마음으로 포용하고
양보해 주면
가정의 평화와
밝은 미래를 열리라

시대 변화 속에서

손으로 쓰기에서 등사기를 거쳐
복사기까지 그리고 더 발전해 나가고

사무실에 컴퓨터가 1대에서
개인당 1대씩이 되었고
매표소에 안내원이 앉아 있다가
무인 판매기가 자리잡고 있다
버스 기차로 주로 이동하다가
개인 자가용으로 출퇴근하고 있다

지나간 시절이 파노라마처럼 펼쳐진다
머뭇거리다보니 역주행하는 것
변화의 구름에 뛰어 올라타
기관차처럼 힘차게 달려라

코로나19 해제를 시작하며

신규 확진자 계속 증가로
거리두기 강화
예방접종 수 차례
드디어 기나긴 여정에
마침표를 찍기 시작했다

2년 넘게
낯선 곳을 걸었다
비대면 택배 배달 활개 치고
많은 사람 모이는 것보다
집에서 지내는 시간이 더 많은 기간

최신 첨단 과학 기술이
놀라운 발전을 거듭 하여도
새로운 바이러스가
파멸의 구렁텅이로 끌어 들인다

미래는 아무도 알 수 없기에
지나온 과정을 되돌아 보며
교훈을 얻는다

* 코로나19 전염병이 2020년 2월부터 시작하여 2022년 4월 거리두기 완화 등
  일부 해제되다

자신의 행복에 대한 단상

무언가를 만족했을 때
행복한 것인가
성공을 했을 때
행복한 것인가

행복의 기준이 무엇인가
높은 관리가 되었다고
부자가 되었다고
자녀가 잘 되었다고
아픈 데 없이 건강한 것이
행복할까

욕심은 끝이 없고
인생은 유한한 것을

오늘 하루
가족과 함께
따뜻한 정이 담긴 대화를 하고
꽃 향기 피우는 마음으로 살아가면
행복의 한 조각이 되지 않을까

양동이에 물이 가득 차면
넘치지 않게

조화로운 삶

가을 어느 날
날씨가 무척 맑다
하늘이 높고
푸르디 푸르다

비가 안 오던 시절
농작물이 타 들어가
한해 대책으로
물을 긴급 공급해야 했는데

여름 장마가 길고 집중호우가 심한 시절
곳곳이 패이고 무너지고
피해가 심했다

맑은 날은 기분이 좋고
흐린 날은 기분이 좋지 않았다

적절히 해 뜨고
적절히 비 오고
적절히 눈 내리고
날마다 살기 좋은 날씨가
계속 되었으면 좋겠다

너무 지나치거나
너무 소극적이면
배에 탈이 난다

우리의 삶도
너무 자만하지 말고
너무 비굴하지 않으며
조화로운 일생이 되어야 하지 않을까

청춘

인생의 반백이
소리없이 넘었다

왕성하게 끓는 피가
용솟음 치며
활짝 피어난
무성한 푸른 잎들
멈출 줄 모르는 기관차 같은
청년의 특권

강렬한 태양이
저 산 너머 저물어 가고
만개한 꽃이 지듯
마음이 시들어 갈 때

우리의 가슴 속에
언제나 젊음을
간직하여라

두려움을 헤쳐 나가는
불굴의 용기와
불타는 열정을
마음에 품고
펼쳐 나가며

6부

그리운 이야기

3개 봉우리

엄창희

나는 산에 가는 걸 좋아했다. 가벼운 옷차림으로 등산화 등 장비를 준비하여 가까운 산 멀리 떨어진 산을 1주일에 1번씩 걸었다. 걸으면 꼬인 것의 실마리가 조금씩 풀리는 것을 좋아했다. 젊었을 때 열심히 산을 다녔고 그 가운데 기억에 남는 일화 3편을 소개하고자 한다. 산에 갈 때 많은 시행착오를 겪었고 경험을 했다. 패기 넘치는 무모한 산행에서 얻은 교훈으로 안전한 산행을 하고 삶의 밑거름이 되었다.

1. 하루에 3개 봉우리를 갔다 오다

"회문산은 전라북도 순창군 구림면 금창리에 있는 산으로 높이 837m의 영산으로 불리는 회문산은 정읍시 태인면에 있는 운주산이 동쪽으로 뻗어 내려와 이루어져 있다. 동학혁명 과 의병들의 근거지였고. 한국전쟁 때에는 지리산과 함께 빨치산의 근거지로서 한국 현대사의 뼈아픈 역사가 깃든 산이기도 하다. 지금은 빨치산의 훈련장이 있던

곳에 체력단련장이 들어서 옛 모습을 찾아보기는 어렵다. 이러한 사실들은 지형이 험준하고 골이 깊은 산이라는 것을 증명해 주고 있으며, 80년대 남부군이라는 소설과 영화로 소개되면서 회문산이 남북간 이념 대립의 현장으로만 알려졌지만, 회문산은 고추장 전설의 유래지, 일제 강점기 항일운동의 진원지로서 유명하다."

[출처: 다음백과, 대한민국 구석구석]

해마다 3.1절이 되면 임실군청에서 임실읍 봉황산에 위치한 3.1독립운동기념탑에 모여 기념식을 했다. 2002년에 행사가 끝난 후 멀리 순창군 회문산에 위치한 3개 봉우리를 등산하고 싶었다. 3개 봉우리는 회문산에 있는 회문산(큰지붕, 837m), 깃대봉(775m), 장군봉(780m)을 말한다. 바로 차를 운행해 40여분 뒤 순창군 구림면에 위치한 회문산 자연휴양림에 도착했다. 입구에서 조금 위에있는 노령문을 통과해 본격적인 등산을 시작하여 30여분 올라가 산 능선길 서어나무 갈림길에서 우측 방향에 있는 깃대봉을 향하여 걸었다. 중간 봉우리 삼연봉 과 천마봉을 거쳐 깃대봉 정상에 도착했다. 약간 머문 뒤에 왔던 길을 되돌아 다시 회문산(큰지붕) 방향을 향했다. 깃대봉에서 2시간 정도 걸은 후 회문산 큰지붕에 도착했다. 회문산 주 봉우리로 많은 사람들이 찾아오는 곳이다. 임도를 통해 걸어서 올라가 헬기장을 거쳐 바로 위 산길을 20분 올라가거나 또는 산 속 등산길을 따라 올라갈 수 있다. 나는 가볍게 조금 빨리 걸었다. 회문산 정상에서 헬기장 방향으로 바로 아래에 천근월굴[1]이란 큰 구멍나 있는 바위에 상형문자가 새겨져 있다. 주위에 여근목 소나무[2]가 있다. 회문산 정상에서 깃대봉 방향으로 내려와 갈림길에서 장군봉 방향으로 산을 내려왔고(원래 밑에서 다시 산을 올라갔으나 지금은 중간 부분에 임도가 건설 되었다,) 정상을 향하여 또 다른 등산을 시작해 올라갔다. 밑에서 올려다본 장군봉은 높이 우뚝 솟아 올라 장군처럼 위엄이 있어 보였다. 가는길 장군봉 8부 높이에 큰 바위 앞을 지나간다. 바위 밑은 냉기가 있어 얼음이 봄에 까지 녹지 않는 음지이다. 봉우리에 가까이 가서는 일부 구간을 로프를 이용해 타고 올라가야 한다. 장군봉 정상에 올랐다. 이제는 다시 왔던 길을 되돌려 돌아와야 했고 한참을 내려와 출발점에 도착 했다. 하루에 3개 봉우리를 갔다 왔다. 산에 오르기를 좋아 하였다. 3.1절, 3개 봉우리 3이라는 숫자로 나의 추억의 한 페이지를 작성했다.

---

1 천근월굴 : 중국 송나라 시인 소강철 선생의 유가시에 나오는 글로, 천근은 남자의 성, 월굴은 여자의 성을 나타내 음양이 한가로이 왕래하여 소우주인 육체가 봄이 되어 완전체가 된다는 뜻이다

2 여근목 소나무 : 한국전쟁 때 빨치산 토벌을 위해 국군이 불을 질러 온 산이 불탔는데 이 나무만 살아 남았다고 한다

2. 탈진을 겪다

일선 행정 기관에서는 해마다 가을에 헬기장 보수를 하였다. 나무를 자르고 잡풀을 베며 주변을 정비해 하얀색 칠해진 헬기장 착륙 표시(H자) 벽돌을 하늘에서 잘 보이게 작업을 하기 위해서 간다. 2005년 10월 어느날 10시에 덕치면에서도 헬기장 보수차 전 직원이 산을 오르기 시작했다. 주민등록 발급 등 필수요원을 제외하고 전 직원이 함께 올라갔다, 작업도구와 점심 간식을 준비해 바람쐬고 나들이하며 가볍게 소풍가는 기분으로 갔다. 올라가면서 8부에 위치한 좌측 홍성문 대사 집터[3]를 지나 우측 빨치산 교통로[4]를 통과해 1시간 10분 걸려 회문산의 한 봉우리인 깃대봉을 올랐다. 6.25 시절 밤에는 빨치산이 아래 마을에 내려와 양민의 곡식을 약탈했고 낮에는 국군이 점령 하였던 지역으로 고통의 역사가 서려있다. 정상에서 주변 정비와 식사를 마친 후 직원들은 다시 면사무소로 돌아갔고 나는 더 등산을 하고 싶었다. 오후 1시경에 회문산 큰지붕

---

3 홍성문 대사 집터 : 조선 최고의 풍류가의 한 사람으로 기거하던 집터이다. 회문산 24혈의 명당 책자를 만들었으며 회문산은 다섯 신선이 둘러앉아 바둑을 두고 있는 오선위기 명당이 있어 한국의 5대 명당이라 불린 이유이기도 하다

4 빨치산 교통로 : 산세가 험하여 덕치면은 6.25전쟁 당시 회문산에 빨치산 유격대 전북도당 사령부가 위치해 교통호, 거주지로 이용했고 낮에는 국군토벌대가 밤에는 빨치산이 점령해 무고한 민간인 피해가 크다

을 향하였고 중간 봉우리 삼연봉을 거쳐 2시간여 등산해 회문산 큰지붕 정상을 밟은 후 장군봉 방향으로 다시 산을 내려갔다. 하단부 부터 등산을 하기 시작해 정상에 올랐다. 장군봉은 장군이 투구를 쓴 모습 같다고 해서 투구봉 이라고도 한다. 많은 시간이 흘렀다. 이제는 돌아올 시간이라 지나왔던 길을 다시 되돌려 오는데 해가 저물기 시작했다. 시간이 갈수록 어두어 지는데 회문산(큰지붕)으로 올라가 헬기장 방향으로 내려와 임도를 걸어서 내려오거나, 회문산(큰지붕)에서 깃대봉 방향 아래로 능선을 따라 내려와 서어나무 갈림길에서 회문산 자연휴양림 주차장 방향으로 내려오지 않고 처음 왔던 길인 깃대봉으로 향하였다.(일몰이 시작 되었으므로 회문산 자연휴양림 방향으로 내려왔어야 했다.) 깃대봉까지는 한참을 가야 했다. 깃대봉에 도착해보니 날이 완전히 저물었고 내려가는 길이 보이지 않았다. 평상시 날이 밝을 때 하산 하는데 1시간 이상 걸리는 거리였다. 달빛에 희미하게 비치는 계곡쪽 하천 자갈 위로 아주 천천히 내려가기 시작했다. 보이는 것이 아주 희미해 구르고 터지고 깨지고 힘겨웁게 내려가고 있었다. 지형이 험한 산이고 밤이라 야생동물이 출현할까 매우 두려웠다. 면사무소 총무계장에게서 걱정이 되어 핸드폰으로 전화가 왔고 가끔 통화하면서 천신만고 끝에 헤매며 가까스로 내려 왔다. 한 밤중에 면사무소에 도착했고 목이 마르고 완전히 기진맥진 소진되어 탈진상태를 겪었다. 퇴근하지 않고 총무계장이 혼자 남아 있었다. 매우 고마웠고 잊혀지지 않는다. 이후로 산행을 할 때는 해가 지기 전에 내려오도록 적당한 분량과 시간을 계산하여 무리한 산행을 하지 않으리라 깨달았다. 다행이었고 위험한 산행으로 기억에 남아 있다.

3. 백련산 등산 길을 잃다

"임실읍에서 순창 국도를 따라 10.4km 지점인 청웅면에 이르면 북쪽으로 삼각추 모양이 암봉 백련산이 눈에 들어온다. 청웅면과 강진면이 경계를 이루고 있는 야산은 청웅면에서 남쪽 계곡을 따라 산기슭 구 백련사 터에 이르면 주변경관이 좋다. 정상에는 무인 기상관측소가 있고 모악산, 만덕산, 회문산이 눈에 들어온다. 이 산을 가운데 두고 북, 서, 남으로 옥정호와 섬진강 줄기가 휘어감고 있어 마치 연못 한 가운데 피어있는 연꽃 같다하여 백련산이라 한다. 산행은 구국도 청웅면 소재지에서 순창으로 1.2km 지점인 신기마을에서 상강진 마을을 거쳐 왕복하거나 정상에서 강진면 이윤마을을 거쳐 방현리 용동마을로 빠지는 코스가 대표적이다." [출처:한국의 산하]

임실군 강진면에 백련산(759m)이 있다. 청웅과 강진이 경계인 청웅면 신기마을을 통해 1978년에 7부 위치에 있는 백련사를 올라갔고 풍경이 아름다웠던 기억이 난다. 청웅면 신기마을에서 출발하여 저수지를 지나 상강진을 거쳐 계곡으로 들어서 백련사 앞길을 걸어 안쪽 산을 걷다 나무 계단을 올라 정상으로 올라갔다. 돌아올 때는 역으로 귀환했다. 여러 번 올라갔다 왔다. 긴 세월이 지난 2008년 가을날 다시 백련산을 가기 위해 출발을 했고 옛 길은 사람이 다니지 않아 풀이 우거지고 백련사는 마을로 이미 내려 간지 오래였다. 길을 진입해 산 뒤쪽 부근 깊숙이 들어가니 중턱 부근에서 빽빽한 숲과 풀로 길을 잃어 버리고 헤매게 되었다. 위 쪽을 바라보니 경사가 심한 높은 곳에 백련산 정상이 보였다. 다른 방법이 없었다. 정상을 향해 올라가는 수 밖에 없었다. 경사가 심하지만 계곡쪽 경사가 완만한 곳으로 납작 엎드려 네발로 기어서 서서히 올라갔고 매우 험한 길을 변변한 장비 없이 유격훈련 하듯이 천신만고 끝에 정상에 올라갔다. 정상에 오르니 내려가는 길 이정표가 있어서 안내에 따라 내려올 수 있었다. 길을 잃었을 때 어찌할 바를 모르고 당황했다. 경사가 심하고 험했지만 정상에 오르면 길이 있을 것이라는 확신이 생겨서 사력을 다해 올라갔던 기억이 난다. 지나고 나니 웃을 수 있으나 그 당시는 삶과 죽음의 경계에 선 기분이었다. 다행히 행운

이 따라와 올라갔고 살아났던 것 같다. 가끔 뉴스에 보면 길을 잃고 불귀의 객이 된 사례를 듣게 되며 나도 그런 위험에 닥쳤고 젊은 시절의 무모한 등산 일기 중의 한 페이지를 장식했다. 이후로 산행을 할 때는 사람이 다니지 않는 길은 조심해야 했으며 무리한 산행을 하지 않으리라 깨달았다. 위험한 산행으로 기억에 남아 있다.